좀비 아이

고문영 동화

위즈덤하우스

어느 작은 마을에 한 사내아이가 태어났어.
피부는 창백하고 눈동자가 아주 큰 아이였지.
아이가 크면서 엄마는 자연스럽게 알게 됐어.

이 아이는 감정이 전혀 없고
그저 식욕만 있는 좀비였다는 걸.

그래서 엄마는 마을 사람들 눈을 피해
아이를 지하실에 가두고는
밤마다 남의 집 가축을 훔쳐서
먹이로 주며 몰래 키웠어.

하루는 닭을… 하루는 돼지를…

그렇게 여러 해가 지난 어느 날,
마을에 역병이 돌아서 남은 가축들이 다 죽고, 사람들도 많이 죽어.
그나마 산 사람들은 마을을 모두 떠나버렸지.

아들만 두고 떠날 수 없던 엄마는 결국 배고파 우는 아이에게

자신의 다리 한쪽을 잘라주고…

다음엔 팔 한쪽을 잘라주고…

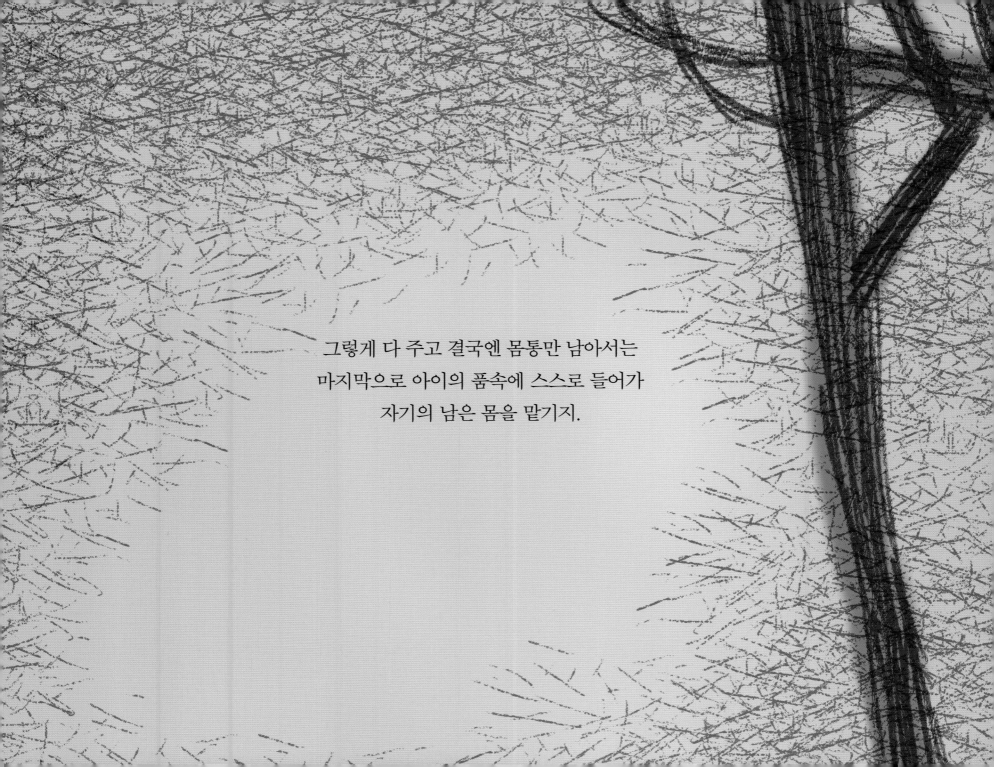

그렇게 다 주고 결국엔 몸통만 남아서는
마지막으로 아이의 품속에 스스로 들어가
자기의 남은 몸을 맡기지.

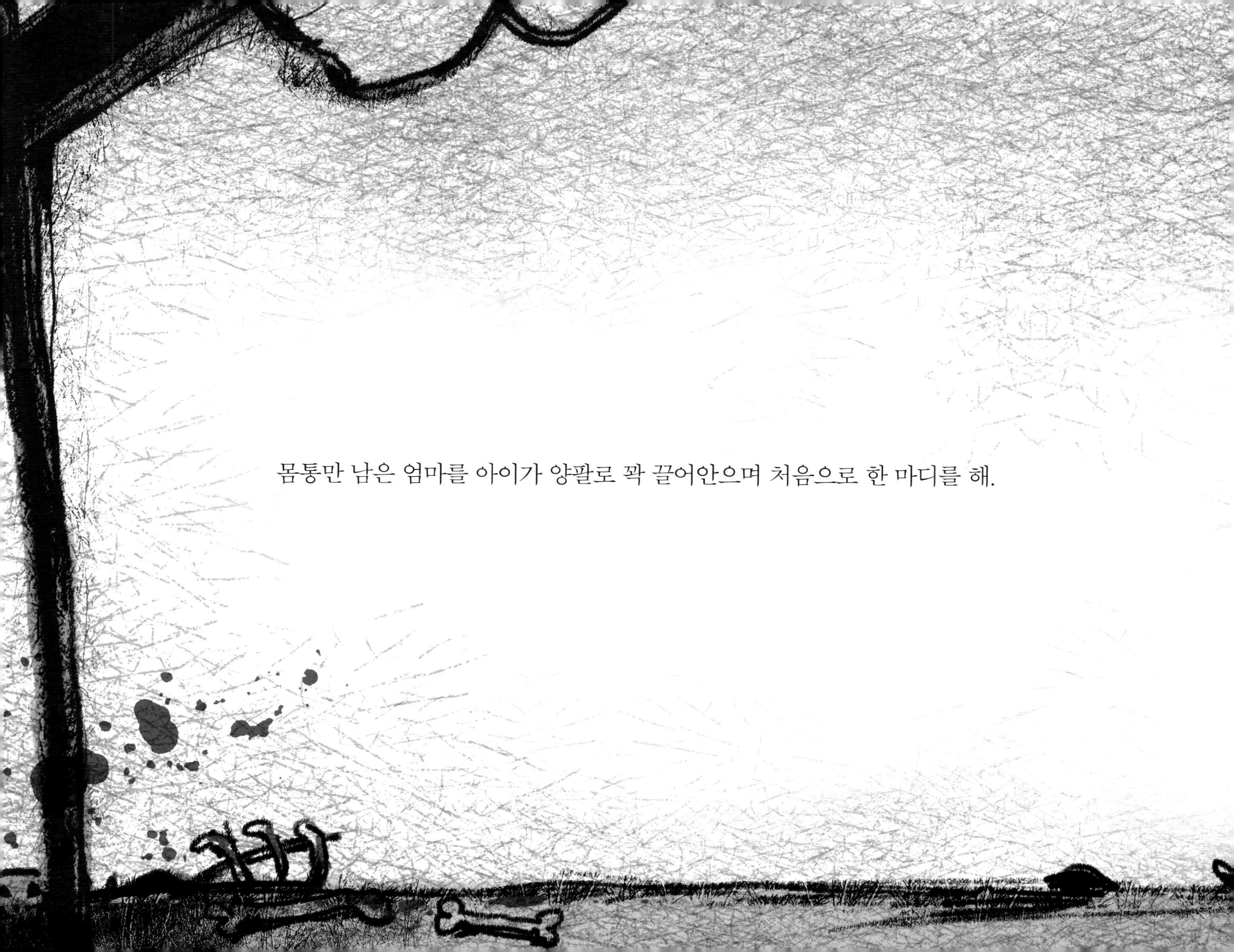

몸통만 남은 엄마를 아이가 양팔로 꽉 끌어안으며 처음으로 한 마디를 해.

엄마는 참 따뜻하구나.

아이가 원한 건 먹이였을까… 엄마의 온기였을까….

글 | 조용

드라마 〈저글러스〉 〈사이코지만 괜찮아〉 대본을 썼다.

그림 | 잠산

콘셉트 디자이너 및 일러스트레이터로 활동하고 있으며 드라마 〈남자친구〉 〈사이코지만 괜찮아〉 등에 삽화를 그렸다.

사이코지만 괜찮아 특별 동화 2

좀비 아이

초판 1쇄 발행 2020년 7월 20일 **초판 15쇄 발행** 2024년 7월 17일

글 조용
그림 잠산
펴낸이 최순영

출판2 본부장 박태근
스토리 독자 팀장 김소연
책임 편집 곽선희

펴낸곳 ㈜위즈덤하우스 **출판등록** 2000년 5월 23일 제13-1071호
주소 서울특별시 마포구 양화로 19 합정오피스빌딩 17층
전화 02) 2179-5600 **홈페이지** www.wisdomhouse.co.kr

ⓒ 스튜디오 드래곤, 2020

ISBN 979-11-90908-16-0 04810
       979-11-90908-25-2 (세트)